AF121131

HÉSIODE ÉDITIONS

ALEXANDRE DUMAS

La Dernière année de Marie Dorval

Hésiode éditions

© Hésiode éditions.

1 rue Honoré - 93500 Pantin.
ISBN 978-2-38512-184-6
Dépôt légal : Janvier 2023

Impression Books on Demand GmbH

In de Tarpen 42
22848 Norderstedt, Allemagne

La Dernière année de Marie Dorval

À GEORGE SAND

I

Ma grande amie,

Vous venez de nous raconter, avec votre cœur de colombe et votre plume d'aigle, quelques détails sur les derniers moments de notre chère Dorval. Des gens étrangers à sa famille, nous sommes peut-être, – vous comme femme, moi comme homme, – ceux qui l'avons, je ne dirai pas le plus, mais le mieux aimée.

Cependant, mettons avant tout le monde, et avant nous-mêmes, ce bon et noble cœur que vous glorifiez et qui se glorifie lui-même dans les lettres que vous citez de lui, – mettons celui sur la tête duquel Marie Dorval mourante posait sa main déjà froide, tandis que de ses lèvres, qui ne devaient plus s'ouvrir, elle balbutiait ce dernier mot qui le recommandait aux hommes, mais encore plus à Dieu :

Sublime !

Mettons à part ce grand artiste dont on ne connaît que le talent et dont, nous, nous connaissons le cœur, mettons à part René Luguet.

Je vais vous raconter à mon tour la dernière année de la vie de notre Marie, la dernière heure de sa mort.

J'étais là quand elle est morte.

Les détails que je vais mettre sous vos yeux et sous ceux de mes lecteurs habituels, devaient venir à leur tour, et prendre chronologiquement place dans mes Mémoires. Mais peut-être est-il bon qu'ils voient le jour avant l'heure et que mon récit suive le vôtre.

Vous savez bien, n'est-ce pas, ma grande amie, que je ne veux lutter avec vous que d'amitié et de souvenir pour celle qui n'est plus ?

– Les artistes dramatiques, dit-on, ne laissent rien après eux. – Mensonge ! – Ils laissent les poëtes dont ils ont représenté les œuvres, et c'est à ceux-là qui ont une plume, quand toutefois avec cette plume ils ont un cœur, – c'est à ceux-là de dire quels saints et quels martyrs sont parfois ces parias de la société qu'on appelle les artistes dramatiques.

– Vous qui l'avez si bien connue, la pauvre Marie, vous allez me dire, ma sœur, si vous la reconnaissez.

Prenons-la au moment de cette grande douleur qui la mit au tombeau. Comme vous l'avez dit, Dorval avait trois filles.

L'une de ces trois filles, Caroline, épousa René Luguet, celui qu'en voyant jouer ses rôles on appelle le joyeux Luguet.

Chateaubriand s'étonne de la quantité de larmes que contient l'œil des rois.

Pauvre artiste ! tu as eu un chagrin royal, car tu as bien pleuré !

Luguet eut un fils ; il reçut au baptême votre nom, ma sœur ; il le reçut en mémoire de vous, – on l'appela Georges.

Cet enfant était une merveille de beauté et d'intelligence, une de ces fleurs pleines de couleur et de parfum qui s'ouvrent au dernier souffle de la nuit et qui doivent être fauchées à l'aurore.

Vous avez dit les douleurs de Dorval vieillissant, vous avez montré la femme à la robe noire ; elle eut une robe couleur du ciel, la pauvre grand-mère, le jour où lui naquit cet enfant.

C'était, en effet, pour elle qu'il était né, et non pour son père et sa mère ; elle le prit dans ses bras le jour de sa naissance, et le garda en quelque sorte dans ses bras jusqu'au jour de sa mort.

À trois ans, Dorval l'emmena avec elle. Il est mort à quatre et demi. Elle allait faire une tournée dans le midi ; elle allait à Avignon, à Nîmes, à Perpignan, à Marseille.

Nous avons dit, ou plutôt tous avez dit, ma grande amie, – pardonnez-moi, vous l'avez si bien dit selon mon cœur, que je me suis trompé et que je croyais que c'était moi qui l'avais raconté, – vous avez dit, ma grande amie, les besoins de cette famille dont Dorval était à la fois la pierre angulaire, le pilier souverain, la clef de voûte.

L'enfant ne savait pas cela, lui ; il ignorait qu'à côté des bravos et des fleurs, il fallait l'argent ; il ne voyait que les fleurs, il n'entendait que les bravos.

Mais quand, une fois dans la ville nouvelle, on l'avait conduit au spectacle, quand il avait assisté au triomphe de sa grand-mère, quand il l'avait, en même temps que toute la salle, applaudie de ses petites mains, elle lui disait – elle – je n'ai pas besoin de dire que c'est Dorval :

– Georges, il serait trop fatigant pour toi de venir tous les soirs au théâtre ; je te coucherai en partant, mon petit Georges, et je te réveillerai en rentrant pour t'embrasser.

Et il lui répondait :

– Oh ! mè mère, sois tranquille ; va, le petit Georges se réveillera bien tout seul.

Et en effet, quand Dorval rentrait avec son sac d'argent et sa brassée de fleurs, elle entendait plus distinctement au fur et à mesure qu'elle montait l'escalier :

– Bravo, Dorval, bravo, Dorval, et le bruit que faisaient en se rapprochant deux mains d'enfant.

C'était Georges qui, réveillé par une secousse magnétique, applaudissait sa grand-mère de ses petites mains et de sa petite voix.

Et elle rentrait, elle jetait son sac d'argent sur la table, puis elle s'élançait sur le berceau de l'enfant, où elle faisait pleuvoir couronnes et bouquets, puis elle cherchait la blonde tête de son chérubin au milieu des fleurs, et elle l'embrassait avec une frénésie maternelle.

L'enfant jouait quelques minutes avec les bouquets et les couronnes, et puis il s'endormait sous les roses, les marguerites et les œillets.

Dorval prenait sa Bible, sa Bible qui ne la quittait jamais ; elle lisait une des prières qui lui servaient de sinet, elle embrassait son petit Georges au front, elle murmurait ces mots : « Dors, mon enfant Jésus ; » et, pas à pas, tout doucement, de peur de le réveiller, elle gagnait à son tour le lit où, bien souvent, moins heureuse que l'enfant, les préoccupations de la vie matérielle la tenaient éveillée pendant de longues heures.

II

Cet enfant était tout pour Dorval.

Il avait trois ans et demi, il était, d'habitude, grave et sérieux. Il n'y avait rien d'étonnant à cela ; cette grande âme, qui descendait à lui, l'élevait en même temps à elle ; ils se rencontraient à moitié chemin, et alors, se trompant à son âge, à l'aspect de sa précoce raison, sa grand-mère lui parlait comme à un homme de vingt ans.

Dorval arrivait dans une ville avec le désir de jouer le soir ; la pauvre créature n'avait pas plus de temps à perdre que la fauvette qui doit nourrir toute sa couvée, – elle arrivait donc dans une ville avec le désir, plus que cela, avec le besoin de jouer le même soir. Elle quittait son vêtement de voyage, mettait sa plus belle robe et disait à l'enfant :

– Je vais chez le directeur, mon petit Georges ; tiens, voilà la Bible, regarde les images des saints, et sois bien sage, en m'attendant, pour être un jour au ciel comme eux.

– Oui, mè mère, répondait l'enfant.

Et il s'asseyait loin du feu, promettait de ne pas en approcher, tenait parole, tandis que sa grand-mère sortait pour s'en aller chez le directeur.

Elle sortait pleine d'espérance. Tant que vécut son petit Georges, elle espéra. Une demi-heure après, elle rentrait triste ou gaie, plus souvent triste que gaie.

L'enfant voyait sa tristesse et lui tendait ses deux bras.

– Qu'as-tu, mè mère ? lui demandait-il.

– Oh ! ne m'en parle pas, c'est odieux, disait Dorval.

– Quoi donc ?

– Comprends-tu, Georges, ce misérable directeur qui me fait venir, qui me dit de ne pas perdre de temps, que tout est prêt, qu'on n'attend plus que moi, et puis pas de répertoire ; nous en avons pour huit jours à attendre de l'argent, que dis-tu de cela, mon Georges, mon chéri, mon amour, mon ange ?

Et elle se ruait sur l'enfant, le serrait dans ses bras, l'embrassait convulsivement.

– Patience, mè mère, disait la petite voix de l'enfant, à moitié coupée par les baisers.

– Oui, patience, et qui n'aurait pas patience avec toi, mon doux Jésus ! mais qu'allons-nous faire, dis ?

– Nous nous promènerons, mè mère, nous irons à la campagne à pied ; tu sais que je marche bien ; cela coûte trop cher en voiture.

– Oh ! mon Dieu ! mon Dieu ! criait Dorval, et n'avoir pas des sacs d'or pour en couvrir un ange comme celui-là !

Et elle mettait à Georges ses plus beaux habits, et elle le promenait, le tenant par la main, souvent le portant malgré lui ; et les oisifs de province la regardaient passer, disant :

– Tiens, c'est l'actrice de Paris, madame Dorval. On dit que le directeur du théâtre lui donne cinq cents francs par soirée.

Et l'on enviait la pauvre créature qui devait peut-être attendre huit jours pour gagner le cinquième de cette somme-là.

En jouant dans un jardin public à Marseille, le petit Georges tomba un jour dans un bassin et disparut.

La mère allait s'y jeter après lui. Eugène Luguet la retint, s'y jeta, lui, et retira l'enfant.

Elle pensa l'étouffer en l'embrassant.

On lui donna le rôle de Marie-Jeanne.

Tout Paris a vu Marie-Jeanne.

Je la rencontrai.

– Tu sais que j'ai un rôle ? me dit-elle.

– Dans quelle pièce ?

– Ah ! je ne sais pas, cela s'appelle Marie-Jeanne.

– Qu'est-ce que c'est ?

– C'est une mère qui a perdu son enfant et qui crie : – Mon enfant ! je veux qu'on me rende mon enfant ! Oh ! je serai très belle là-dedans, sois tranquille, tu viendras me voir, n'est-ce pas, mon grand chien ?

– Oui.

– Viens, je jouerai pour toi !

Ô bonne créature, ô grande artiste !

C'était d'abord au petit Georges qu'elle avait conté son bonheur.

– Tu sais que j'ai un rôle, mon enfant ? lui avait-elle dit.

– Ah ! mè mère, que je suis content, il y a si longtemps que tu en demandes un !

– Mets-toi là, je vais te raconter la pièce.

Elle s'assit à terre, près de l'enfant, et lui prit la main.

– Mon petit Georges, dit-elle, c'est affreux, vois-tu, une mère si pauvre, si pauvre qu'elle est obligée d'abandonner son enfant, son pauvre enfant qu'elle aime tant. Moi, je ne l'abandonnerais, tu comprends, jamais. S'il n'y avait plus qu'un morceau de pain à la maison, je le lui donnerais. S'il n'y en avait plus. J'en volerais. Qu'est-ce que je dis donc ? non, c'est défendu de voler. Enfin, je ne sais pas ce que je ferais, mais, pour sûr, je n'abandonnerais pas mon enfant. Georges, vois-tu, un pauvre enfant de ton âge, plus petit encore que toi, mis dans une espèce de prison où les mères ne revoient plus leurs enfants, où les enfants ne revoient plus leurs mères. Oh ! il y a pourtant des femmes qui font cela.

– Mè mère, mè mère ! s'écria l'enfant fondant en larmes.

– Oh ! je suis sûre du rôle maintenant, s'écria Dorval, je viens de jouer pour notre petit Georges, Luguet, et tu vois, le voilà qui pleure. Ne pleure pas, Georges, ne pleure pas, mon enfant, les femmes qui font cela ne sont pas de vraies mères, et moi, je suis ta mère, mon Georges, ta mè mère chérie. Embrasse-moi. Oh ! que je suis folle de faire pleurer comme cela mon enfant !

Et elle pleurait à son tour, mais comme pleurait Dorval, à sanglots.

Alors l'enfant s'échappait de ses bras et faisait tout ce qu'il pouvait pour la faire rire, jouant les rôles de son père, contrefaisant le bossu, parlant comme Polichinelle, jusqu'à ce qu'elle ne pleurât plus, jusqu'à ce qu'elle rît enfin !

Et alors, le pauvre petit comédien de quatre ans se jetait dans ses bras en disant :

– Je savais bien que je te ferais rire, mè mère.

III

L'enfant avait quatre ans et demi.

Un jour, vers cinq heures, avant le dîner, Dorval rentre d'une course.

Le petit Georges, resté à la maison, reconnaît son pas, court au-devant d'elle jusqu'à la porte, joyeux comme toujours lorsqu'il la revoyait, en criant :

– Te voilà, mè mère !

Dorval le prend, le soulève pour l'embrasser, et tout à coup sent l'enfant, qui au lieu de l'aider de son élan, lui pèse de tout son poids, glisse entre ses mains et s'affaisse sur lui-même.

Elle croit que c'est un jeu, le relève, et voyant la même faiblesse en rit d'abord, puis le gronde, et enfin s'aperçoit que l'enfant est près de s'évanouir.

Elle appelle, elle crie, elle montre Georges couché à ses pieds, on court chez un médecin. Pendant ce temps, l'enfant tombe en convulsions et perd complètement connaissance.

En revenant à lui, la seule personne qu'il cherche des yeux, qu'il ait l'air de reconnaître, c'est Dorval. Ses yeux se fixent sur elle, et avec un mouvement de la tête qui signifiait : j'en reviens de loin :

– Eh bien, mè mère, dit-il.

Une heure après, la fièvre cérébrale se déclarait de la manière la plus terrible, et après onze jours d'agonie, le 16 mai 1848, l'enfant rendait le dernier soupir, sur les genoux de son père.

Les soins les plus tendres et les plus intelligents avaient été vainement prodigués. MM. Andral, Récamier, Tardieu, amenés par Camille Doucet, MM. Delpech père et fils avaient visité le lit du pauvre petit malade, et n'avaient pu en chasser la mort.

Certes, la douleur du père et de la mère fut grande ; mais au-dessus de cette douleur planait une crainte terrible :

Qu'allait-il se passer dans le cœur, dans la santé, dans la vie de la grand-mère, dont cet enfant était l'idole, l'étoile, la lumière ?

Une sœur de charité était placée depuis quelques jours au chevet de l'enfant. Dorval paraissait l'avoir prise en grande amitié.

Son cœur, éminemment tendre, était accessible à tout ce qui venait de Dieu, ou allait à Dieu.

On les laissa seules, et l'on se réunit dans la chambre de M. Merle, qui, dès cette époque, gardait déjà le lit.

Cependant, Luguet n'y put tenir longtemps. Il alla écouter à la porte où l'enfant mort était resté dans son berceau, et où, près de ce berceau devenu cercueil, se tenaient la sœur de charité et Dorval.

Il lui sembla entendre rire et chanter.

Ce ne pouvait être la sœur, c'était donc Marie qui riait et chantait.

Une idée terrible lui traversa le cerveau. Était-elle devenue folle ?

Il entra.

Dorval, en effet, riait et chantait : la sœur de charité, effrayée, la lui montra du doigt.

Elle avait l'air d'ignorer complètement ce qui s'était passé, elle ne se tournait pas plus du côté du cadavre de l'enfant que d'un autre côté, et en voyant Luguet, elle ne lui parla que de la dernière pièce qu'il avait jouée au Palais-Royal.

Cet état dura trois jours.

On ne pouvait croire que le pauvre petit fût mort. Le père et la mère venaient voir à chaque instant s'il ne s'était pas réveillé du sommeil terrible.

Enfin, le troisième jour, il fallut songer à l'ensevelir.

Ce fut la grand-mère qui le mit au linceul, mais sans larmes, sans cris, sans sanglots, le rire sur les lèvres, comme si elle lui eût passé sa robe des dimanches pour l'emmener à la promenade avec elle.

On apporta la petite bière toute matelassée à l'intérieur.

Dorval y coucha l'enfant comme dans son lit, lui chantant la chanson dont elle l'avait bercé autrefois.

Hélas ! comme on le voit, cet autrefois était bien proche encore.

Le père se tenait debout, silencieux et pleurant, ayant à la main un marteau et des clous.

Quand l'enfant fut couché dans sa bière, le père écarta doucement Dorval, reposa le couvercle sur le cercueil, l'enleva pour embrasser une dernière fois l'enfant, le reposa de nouveau et frappa le premier coup.

À ce premier coup, Dorval jeta un cri, comme si le clou venait de lui entrer dans le cœur.

Puis elle se précipita, repoussa Luguet, arracha le couvercle de la bière et se coucha sur l'enfant, les bras étendus comme Jésus essayant sa croix, avec des cris, des sanglots, des gémissements tels qu'il n'en sort que du cœur des mères.

On la crut sauvée.

C'était le commencement de son agonie, agonie du cœur qui tua le corps, agonie qui devait durer juste un an.

Les prêtres vinrent, les fossoyeurs enlevèrent l'enfant, toute trace de cette jeune vie disparut, la douleur seule resta sous les traits d'une mère pliée, brisée, anéantie.

On conduisit le petit Georges au cimetière Montparnasse.

Avant le départ, Dorval avait demandé qu'on lui cédât pour elle seule le salon où l'enfant avait rendu le dernier soupir.

On y avait consenti, bien entendu, et elle s'y était enfermée.

Au retour, on trouva la porte encore close, on respecta cette grande douleur, qui voulait rester face à face avec Dieu.

Quand Marie avait demandé de rester seule. Luguet avait manifesté quelque crainte.

Mais elle alors, devinant ces craintes, souriant et montrant sa Bible :

– Oh ! ne craignez rien, avait-elle dit, ce n'est pas la peine, pour le peu que j'ai à vivre, de renier ce grand livre-là.

Et, comme nous l'avons dit, on l'avait laissée seule.

La porte fermée toujours n'inspirait donc d'autre crainte que la présence d'une douleur qui pouvait dépasser les forces humaines.

La porte demeura fermée tout le reste de la journée, toute la nuit ; Luguet et Caroline se tenaient l'oreille collée à cette porte, ils entendaient remuer les meubles, ouvrir et fermer les armoires, et, de temps en temps, sortir de cette poitrine déchirée des sanglots sourds et étouffés.

Enfin, le lendemain, vers huit heures du matin, la porte s'ouvrit. Dorval parut et trouva son gendre et sa fille agenouillés devant cette porte.

Ils avaient passé la nuit là.

Ils poussèrent un cri de surprise : la chambre était transformée en chapelle, Marie en avait fait disparaître tous les objets profanes, et elle avait tout remplacé par des souvenirs de Georges et des objets pieux.

Le berceau de l'enfant, comme un autel antique, était placé au milieu de la chambre, tout couvert de fleurs arrachées à la terrasse.

Puis, à côté du berceau, elle avait traîné un canapé sur lequel elle avait étendu un grand voile noir, qui lui servait dans Angelo.

Elle ne devait plus avoir d'autre lit que ce canapé, d'autres draps que ce voile funèbre !

IV

À dater de ce jour, le sommeil fut pour les deux enfants, c'est-à-dire pour Luguet et pour Caroline, banni de la maison.

C'étaient à chaque instant des alertes terribles. De leur chambre, ils entendaient des gémissements si plaintifs, des sanglots si violents, qu'ils se précipitaient vingt fois par jour chez leur mère.

On la trouvait sans cesse agenouillée sur ce canapé, près de ce berceau, parlant à Georges comme s'il était là, ou bien encore lui demandant où il était ; et s'il se trouvait aussi bien dans les bras des anges et sur le sein de Dieu que dans les bras de son père et de sa mère, et sur son sein à elle.

Puis, s'arrêtant, elle prenait cette Bible, sa seule consolation, et lisait à haute voix, soit les Psaumes, soit l'Évangile.

Luguet vit qu'il était temps de chercher une distraction à cette grande douleur, et quelque temps après, elle était engagée par M. Hostein au Théâtre-Historique.

Ce que l'on croyait une distraction fut une source de nouvelles douleurs. Chaque fois qu'elle était forcée de quitter cette chambre pour aller au théâtre, elle se tordait de désespoir, se reprochant comme un crime de distraire une heure du souvenir de Georges, et maudissant son état.

Puis, comme, de peur de redoubler ses angoisses, le père et la mère parlaient rarement, devant elle, de leur enfant, elle les appelait – cœurs sans tendresse, mauvais parents !

Eux, cependant, prenaient patience et espéraient que le temps amènerait quelque calme dans cette âme éplorée.

Un jour, Dorval, sortie le matin, resta dehors toute la journée. On devine les craintes de ses enfants pendant dix heures d'absence, enfin vers huit heures du soir elle rentra très agitée.

Luguet lui fit timidement quelques questions, mais on vit bientôt qu'il y avait un secret qu'elle ne voulait pas dire.

À partir de ce moment, cette sortie se renouvela tous les jours, et comme tous les jours elle sortait et rentrait à la même heure, on s'était, dans la maison épuisée de forces, arrangé de cette absence, qui rendait à tout la monde un peu de calme.

D'ailleurs, on pensait que Marie passait tout ce temps à l'église.

Un soir, cependant, eller rentra malade. Elle avait un frisson violent et toussait beaucoup. Luguet l'examina attentivement et s'aperçut que ses vêtements étaient trempés.

Il avait fait une grande pluie dans la journée, on était au milieu de l'hiver. Où était-elle donc quand cette pluie était tombée, qu'elle paraissait l'avoir reçue tout entière ? Cela devenait inquiétant.

Luguet résolut de savoir où elle allait.

Dès le lendemain il le sut ; il n'y avait pour cela qu'à la suivre.

Elle avait acheté un pliant. Elle l'avait fixé à la grille qui entourait la tombe du petit Georges par une grosse chaîne et un cadenas, et chaque matin, en hiver, pendant les mois les plus âpres de l'année, elle allait s'installer sur ce pliant avec sa Bible et un ouvrage de tapisserie.

Et lorsque les passants, entendant gémir, demandaient aux gardiens du cimetière : Qu'est-ce que c'est que cela !

Ceux-ci répondaient :

– C'est la pauvre madame Dorval qui pleure son petit enfant.

Et les passants qui voulaient la voir suivaient l'allée où elle gémissait ainsi, et se découvraient devant une femme en grand deuil, ployée, les genoux au menton, et la Bible à la main.

On ne pouvait la laisser mourir de douleur et de froid.

Luguet imagina un voyage, et partit avec elle pour aller donner des représentations à Orléans.

À peine étaient-ils descendus de voiture que Luguet s'aperçut de l'absence de Marie.

Il n'était pas difficile de deviner où elle était.

Luguet se fit indiquer le cimetière, et y courut.

Dorval avait cherché une tombe d'enfant, et s'y était agenouillée.

Luguet se tint debout derrière elle, et quand, après deux heures d'incessante prière, elle releva la tête, elle le vit, se leva, vint à lui sans lui dire un mot, lui prit le bras, et rentra avec lui à l'hôtel.

Pendant tout le temps que dura le voyage, elle allait ainsi, soit à Orléans, soit dans toute autre ville, chaque matin, au cimetière, avec une brassée de fleurs qu'elle achetait partout où elle en pouvait trouver. Puis, arrivée au milieu des tombes, elle fermait les yeux, et jetait les fleurs au hasard autour d'elle, en disant à demi-voix et avec le double accent de la prière et de la plainte :

– Pour les petits enfants ! pour les petits enfants !

V

On revint à Paris, tout recommença.

Un matin, Balzac vint la trouver et lui lut la Marâtre.

Dorval sentit se réveiller tout ce qu'il y avait d'artiste, je ne dirai pas dans son cœur, mais autour de son cœur. Elle fut enchantée du rôle ; elle parla théâtre ; elle dit la façon dont elle comprenait cette nouvelle création, à peine entrevue et déjà dessinée dans son esprit.

Ce fut un jour de joie dans la maison : les fils de la vie qu'on croyait brisés allaient-ils se renouer ? Était-ce une pitié du Seigneur, une grâce d'en haut, une miséricorde divine ?

Non, c'était le dernier rayon de soleil.

Au milieu des répétitions, Dorval eut une indisposition de huit jours et fut obligée de rester chez elle et de garder le lit.

Ce fut là qu'elle apprit comme un bruit de théâtre, car aucune lettre ne lui avait été écrite, aucun avis ne lui avait été donné, que le rôle de la Marâtre lui était retiré et qu'il allait être joué par une autre que par elle.

Son chagrin fut cruel ; cette fois, sa dignité d'artiste était écrasée.

Balzac, pressé d'être joué, laissa faire.

Comme dédommagement, on offrit à Dorval quelques représentations de Marie-Jeanne.

Elle accepta. Il fallait bien vivre jusqu'au moment où l'on mourrait.

Elle joua Marie-Jeanne.

Je n'avais pas vu la pièce, je la vis alors.

Je n'oublierai jamais l'impression que me fit cette représentation.

Je ne juge point ici le drame, je ne sais pas ce qu'il est. A-t-il été rejoué ? Je l'ignore, La pièce, c'était Dorval, c'est-à-dire, comme elle me l'avait raconté elle-même, une mère qui a perdu son enfant.

Trois choses me frappèrent entre toutes.

La voix dont elle disait à son mari :

– Vous m'avez condamnée à être une mauvaise mère, je ne vous connais plus !

La façon dont elle refermait la porte quand elle parlait pour l'hospice.

Puis enfin l'accent avec lequel, arrivée devant le tour où son enfant va disparaître, le tenant sur ses genoux comme la Madeleine de Canova tenait la croix, elle disait :

– Adieu, mon petit ange, adieu, mon ange adoré, adieu, mon enfant chéri, non pas adieu, au revoir ; va, car nous nous reverrons... oh ! oui, oui, nous nous reverrons !

Oh ! la salle tout entière éclatait en sanglots et en gémissements.

Je me précipitai dans la coulisse après l'acte, je la trouvai exténuée, mourante.

– Entends-tu, lui dis-je, entends-tu comme on t'applaudit ?

– Oui, j'entends, me dit-elle avec insouciance.

– Mais jamais je n'ai entendu le public applaudir une autre femme comme il t'applaudit.

– Je crois bien, me dit-elle avec un indicible mouvement d'épaules, les autres femmes lui donnent leur talent, moi, je lui donne ma vie.

C'était vrai, elle lui donnait sa vie.

VI

Les représentations de Marie-Jeanne eurent leur terme. Dorval disait qu'elle avait toujours espéré, tant que ces représentations avaient duré, mourir un jour sur le théâtre au moment où elle se sépare de son enfant.

Et ce vœu eût certainement été accompli si la pièce eût eu quelques représentations de plus.

Dorval se trouva sans engagement.

C'est à cette époque qu'il faut rattacher le terrible épisode du Théâtre-Français.

Quelques détails qui ne peuvent être consignés dans la lettre de Luguet trouvent leur place ici.

Dorval fit une demande au comité du Théâtre-Français. Elle demandait à être reçue comme pensionnaire à cinq cents francs par mois. Elle jouerait tout, duègnes, utilités, accessoires, et de vive voix elle s'engageait à ne pas grever longtemps le budget de la rue Richelieu.

Elle se sentait mourir.

Le comité se rassembla pour statuer sur la demande, et refusa à l'unanimité !

À l'unanimité, entendez-vous bien ; pas une voix ne répondit à cette grande voix d'artiste se lamentant dans le désert de la douleur.

Pas une main ne s'étendit pour relever cette mère aux genoux brisés.

Pas une !

Seveste était directeur.

C'était un bonhomme qui avait fait fortune dans le métier de directeur de la banlieue, du temps qu'on appelait la direction de la banlieue la galère Seveste.

Il était décoré comme ancien militaire, je crois.

Il avait été nommé au Théâtre-Français parce qu'il n'y avait aucun droit et était complètement incapable de remplir la place.

Je lui rendis publiquement cette justice lors des répétitions de Jules César.

Je la lui rends encore aujourd'hui. <br|>

Il est mort à la peine, directeur du Théâtre-Lyrique. Paix à son âme !

Un matin, il se présenta chez Dorval.

Il rapportait la réponse du comité.

– Ma chère madame Dorval, commença-t-il, Je dois vous dire, à mon grand regret, que le comité du Thépatre-Français, à l'unanimité, refuse votre demande.

Dorval fit un de ces mouvements fébriles auxquels elle était sujette pendant les derniers mois de sa vie.

Luguet pâlit.

Il se tenait debout derrière Seveste.

– Attendez, attendez, dit Seveste, mais voici ce que je puis vous offrir, moi.

Dorval respira.

– Il va, continua Seveste, se faire un remaniement sur le luminaire. J'espère économiser deux ou trois cents francs d'huile par mois ; eh bien, ces deux ou trois cents francs, je prends sur moi de vous les offrir !

L'intention était bonne, oui, certes ; mais, on en conviendra, la forme était cruelle.

On offrait, à l'une des plus grandes artistes qui aient jamais existé, l'économie que l'on faisait sur l'éclairage d'un théâtre.

Et de quel théâtre ? du Théâtre-Français, du théâtre qui se prétend le premier théâtre de Paris, c'est-à-dire du monde.

D'un théâtre qui a plus de deux cent mille francs de subvention.

Dorval fit un signe à Luguet ; il était temps : la proposition allait être mal prise par lui.

Il se contenta de rendre grâce à Seveste et de refuser.

Puis, Seveste sorti, Dorval tomba sur un canapé en criant :

– Emmène-moi de Paris, Luguet, emmène-moi, ces gens-là finiront par m'assassiner.

Luguet, le lendemain, partit pour Caen afin d'y régler une série de représentations.

Les conditions arrêtées, il écrivit à Marie qu'elle pouvait venir.

Quelques jours après, il attendait au bureau de la diligence l'arrivée de la voiture de Paris.

Le spectacle était affiché pour le soir.

On entendit le galop des chevaux, le roulement sourd des roues, le fouet du postillon.

La diligence s'arrêta.

Luguet se précipita vers le coupe et l'ouvrit.

Il recula anéanti.

Ce n'était point Marie qui en sortait, c'était un spectre.

Si elle n'eût point parlé, il ne l'eût point reconnue.

– Eh bien, demanda-t-elle, c'est comme cela que vous me recevez, Luguet ?

Le jeune homme jeta un cri, la prit dans ses bras, la déposa sur le pavé, la regarda encore.

Puis, tout effaré :

– Mais, mon Dieu, qu'est-il donc arrivé, demanda-t-il, vous seriez-vous empoisonnée, malheureuse ?

– Ah ! que vous êtes donc fous tous avec cette idée, répondit-elle ; eh ! mon Dieu ! je mourrai bien toute seule, allez !

– Mais enfin dites, chère Marie.

– Eh bien, voilà ce que je me rappelle, du moins. Cette nuit, il pleuvait beaucoup. Vers deux heures, la diligence s'est arrêtée dans un petit village, les voyageurs sont descendus pour prendre le café ; il y avait une demi-heure d'arrêt ; j'étais malade, agitée. J'ai voulu marcher un peu. Tout à coup, je me suis sentie mourir et je suis tombée sans connaissance dans la boue du chemin.

On m'a retrouvée là, on m'a remise dans le coupé et je viens mourir ici ; vous savez qu'il y a trois mois j'ai reçu un avertissement d'en haut. Faites arracher les affiches et appelez un prêtre.

VII

Cet événement que Dorval regardait comme un avertissement, et auquel elle faisait allusion par les paroles que nous avons rapportées, le voici :

Après sa sortie du Théâtre-Historique, tandis que le Théâtre-Français statuait sur son sort, elle était allée donner, avec Luguet, des représentations à Saint-Omer.

On jouait Agnès de Méranie.

Pour figurer une salle gothique on avait suspendu des trophées au plafond.

Ces trophées étaient nature.

Au moment où Dorval entrait en scène, une lance se détacha d'un trophée et lui tomba verticalement sur le front.

Le fer de la lance déchira les chairs et lui fit une blessure grave, qui commençant au haut de la tête se prolongeait entre les deux yeux.

Le sang jaillit aussitôt.

Dorval porta les deux mains à son visage.

Entre ses doigts et sous ses mains, le public vit couler le sang.

Le spectacle fut interrompu, Luguet l'entraîna hors de la scène, et pendant que le médecin appelé rapprochait les chairs, pour que la représentation pût continuer :

– Mon ami, dit-elle, il faut dire adieu au théâtre; les directeurs me le disent par leur abandon, et voici un présage plus sérieux encore.

Ce soir tout sera fini.

Elle avait raison, la pauvre créature ! tout était fini.

On a vu cependant qu'elle avait essayé de tout renouer : le Théâtre-Français l'avait repoussée.

On a vu qu'elle avait voulu donner des représentations à Caen :

La mort s'était mise sur la route.

Cette fois, non seulement elle ne devait plus rentrer au théâtre, mais se relever de son lit.

– Faites déchirer les affiches, et envoyez chercher un prêtre, avait-elle dit.

Luguet la prit dans ses bras et la porta jusqu'à l'hôtel.

Elle ne pouvait pas marcher.

Puis lorsqu'il l'eut déposée sur son lit.

– Maintenant, mon ami, dit-elle, allez me chercher par la ville une petite chambre bien simple, qui ait l'air d'une cellule, un mur blanchi à la chaux avec un lit, une table et un crucifix pour tout meuble et tout ornement.

Le même soir on était dans la chambre désirée.

Le premier soin de Dorval fut alors de recommander à Luguet de ne rien écrire de son état à Paris, et de laisser croire à toute la pauvre famille que les représentations avaient leur cours.

Luguet le promit.

Alors seulement elle permit que l'on s'inquiétât de chercher un médecin.

Ni Dorval, ni Luguet ne connaissaient personne à Caen.

Ils s'informèrent, on leur indiqua M. Lecœur.

Il y a des noms qui sont une indication de caractère : à la première visite le docteur Lecœur ne fut pas un médecin, ce fut un ami.

Oh ! lui comprit bien la maladie de Dorval !

– Madame, lui dit-il, après l'avoir examinée, votre médecin réel, si vous le voulez bien, ce sera vous-même ; votre mal est un de ceux contre lesquels toute la science du monde ne peut rien.

Et il avait raison, le bon docteur.

Aussi sa visite de tous les matins, – et pendant cinq semaines il ne manqua pas un seul jour, – aussi sa visite de tous les matins était-elle une visite, non pas de médecin, mais d'ami.
L'agonie dura trente-sept jours et trente-sept nuits.

Pendant trente-sept jours et trente-sept nuits, Luguet veilla au chevet de la mourante, dormant, quand il dormait, assis sur la seule chaise de la chambre, la tête appuyée sur le matelas.

Il n'y avait qu'un lit.

Tous les soins, tous, étaient rendus par lui à Dorval.

On n'avait pas d'argent pour prendre une garde.

Il changeait la malade de linge et de draps ; puis, dans la même chambre, il lavait et faisait sécher les draps, le linge, pour que Dorval eût le lendemain des draps blancs et une chemise blanche.

On n'avait pas d'argent pour payer une blanchisseuse.

On engageait ou l'on vendait, pour faire face aux dépenses qu'on ne pouvait pas absolument éviter, le peu de bijoux qui restaient.

Puis l'on écrivait à la pauvre Caroline, qui demandait des nouvelles des représentations et de la santé :

– Tout va bien, nous jouons tous les soirs, et tous les matins nous allons à la campagne ; nous nous amusons beaucoup.

Vous voyez, ma grande amie, que ce mot sublime ! que notre pauvre Marie prononça en posant sa main mourante sur la tête de son gendre, n'était point une exagération, mais, au contraire, était à peine une justice.

Un jour le docteur prit Luguet à part.

Celui-ci avait compris le signe fait par lui, et, la sueur de l'agonie au front, l'avait suivi jusqu'à la porte.

Là, le docteur posa la main sur l'épaule de Luguet.

– Mon cher monsieur Luguet, lui dit-il, je suis venu aujourd'hui, j'en ai bien peur, pour la dernière fois. Attendez-vous à une grande catastrophe : ma mission est finie, continuez la vôtre avec le même courage et le même dévouement.

Il partit.

Il n'avait rien appris de nouveau à Luguet, et cependant celui-ci se mit à pleurer comme s'il apprenait la première nouvelle de cet accident.

Il y avait en effet depuis deux ou trois jours chez Marie des idées toutes nouvelles, parfois bizarres, tenant du délire. Elle avait passé la nuit précédente à se rappeler les vieux airs des opéras-comiques qu'elle chantait dans sa jeunesse.

Son enfance lui repassait comme un songe devant les yeux.

En l'entendant fredonner, Luguet releva la tête et la regarda avec étonnement, presque avec effroi.

– Viens ici, Luguet, lui dit-elle en lui faisant signe de s'approcher de son chevet, et aide-moi en soufflant tout bas les airs que j'ai oubliés.

Luguet obéit, corps dont l'âme était passée tout entière dans la mourante, comme pour lui donner une seconde chance de vivre, il n'avait d'autre volonté que la sienne.

Ils chantèrent ainsi jusqu'au jour.

Au jour, Dorval s'assoupit, Luguet tomba de fatigue.

Le lendemain, elle lui dit :

– Mon cher Luguet, nous voici au mois de mai ; puis souriant : le mois de Georges et de Marie. Va dans la campagne, rapporte-moi un gros bouquet d'aubépine, et mets-le sur mes pieds avec le portrait de mon petit ange.

Luguet ne dit pas un mot ; il prit son chapeau, sortit, et, une demi-heure après, rentra avec une brassée d'aubépine qu'il posa sur le pied du lit en y appuyant le portrait de Georges.

Les yeux de la malade se fixèrent alors sur les fleurs et le portrait.

Deux jours et deux nuits, ils restèrent ouverts sans se détourner, sans se fermer, presque sans clignoter.

Il n'y a que les mourants pour avoir une semblable force.

VIII

On arriva ainsi jusqu'au 16, à huit heures du matin.

Luguet était assis au pied du lit, brisé, à bout de forces, assoupi.

La veille, il s'était évanoui deux fois de fatigue ; la seconde fois au milieu de la chambre, en allant ouvrir la fenêtre.

La mourante n'avait pas eu la force d'aller à lui, pas même eu celle d'appeler ; elle lui avait tendu les bras.

Puis, à son tour, elle était retombée sur son lit.

Luguet était revenu le premier ; il l'avait crue morte.

Elle s'essayait seulement.

Donc, le 16 mars, à huit heures du matin, elle se mit à gémir comme au premier jour de sa douleur.

Luguet sortit de son assoupissement, et la regardant tout étonné :

– Qu'as-tu donc, Marie ? lui demanda-t-il.

– J'ai, j'ai, s'écria-t-elle se dressant à moitié sur son lit, j'ai qu'il y a juste un an, à pareil jour, que mon petit Georges est mort; j'ai que je serai morte dans deux jours, et que je veux que tu m'emmènes à Paris sans perdre une minute, afin que je puisse revoir ma chère Caroline.

Le ton avec lequel tout cela était dit avait un tel accent prophétique, qu'il n'y avait plus de doute à avoir, plus d'espoir à conserver.

Dès le même soir, grâce à un dernier bijou qu'on avait conservé pour un besoin suprême, Luguet était dans le coupé de la diligence, tenant la chère mourante sur ses genoux, comme dans la Pietà de Michel-Ange la Vierge tient son fils.

Au milieu de la nuit, on éprouva une violente secousse, des cris se firent entendre, les vitres éclatèrent.

La voiture venait de verser.

Il faisait une horrible tempête, Luguet emporta notre pauvre Marie sous un arbre de la route, et là, tous deux grelottants, percés par la pluie, ils attendirent le temps nécessaire à la réparation de la voiture.

Une demi-heure à peu près.

On remonta dans le coupé ; le groupe funèbre n'avait pas un instant été désuni : on eût dit que, de marbre, ces deux corps étaient adhérents l'un à l'autre.

Caroline, prévenue enfin, vint recevoir sa mère dans la cour des messageries. Un geste de son mari lui fit réprimer le cri de terreur qu'elle était prête à pousser en la revoyant.

Elle la regarda d'un air calme et tranquille, et l'embrassa en renfonçant ses larmes et en étouffant.

Dorval se tut jusqu'à ce qu'on fût dans le fiacre.

Arrivée là, elle fixa sur sa fille ses yeux devenus plus grands par la maigreur, plus limpides par l'approche de la mort, et elle lui dit gravement :

– Allons, ma chère enfant, ne fais pas d'inutiles efforts pour cacher tes larmes ; va, pleure, pleure ; pour deux ou trois heures peut-être que j'ai encore à vivre, il ne faut pas te contraindre.

À six heures du matin, elle était réinstallée dans sa chambre.

À onze heures et demie, pendant que je faisais répéter au Théâtre-Français le Testament de César, un garçon de théâtre m'appela dans la coulisse, et me dit comme il m'eût dit la chose la plus indifférente du monde :

– Monsieur Dumas, madame Dorval vous envoie chercher ; elle se meurt, et ne veut pas mourir sans vous revoir.

Je jetai un cri : je ne savais même point qu'elle fût malade.

Je me précipitai par les escaliers ; je me jetai dans une voiture en criant : Rue de Varennes.

Dix minutes après, je sonnais à la porte.

Luguet vint m'ouvrir le visage ruisselant de larmes.

– Mon Dieu ! lui dis-je, n'est-il plus temps ?

– Si fait ; mais hâtez-vous, elle vous attend.

J'entrai dans la chambre ; elle fit un effort pour me sourire et me tendre les bras.

– Ah ! c'est toi, me dit-elle, je savais bien que tu viendrais.

Je me jetai devant son lit en pleurant, la tête cachée dans les draps.

– Mes enfants, dit-elle, laissez-moi un instant seule avec lui, j'ai quelque chose à lui dire ; il vous rappellera bientôt, et vous ramènerez Merle. Je veux que tout le monde soit là quand je mourrai.

On sortit, me laissant seul avec elle.

– Quand tu mourras ! m'écriai-je ; mais tu vas donc mourir ?

Elle posa sa main sur mes cheveux.

– Eh ! mon Alexandre, me dit-elle, tu sais bien que depuis là mort de mon pauvre petit Georges je n'attendais qu'un prétexte. Le prétexte est venu, et, comme tu vois, je ne l'ai pas laissé échapper.

– Oh ! mon Dieu ! mon Dieu ! es-tu bien sûre que tu vas mourir ?

– Regarde-moi.

– Je ne te trouve pas si changée que tu le dis.

Elle mit la main à sa ceinture.

– Je suis déjà morte jusqu'ici, dit-elle, et si je ne t'avais pas attendu, je crois que je serais morte tout à fait.

– Eh bien ! tu avais quelque chose à me dire ? Parle, mon enfant.

– J'ai à te dire, mon bon Alexandre, que je veux bien mourir, mais que je ne veux pas être jetée dans la fosse commune.

Je me redressai sur mes genoux.

– Comment ! dans la fosse commune ?

– Oui, mon pauvre ami, tout est vendu, tout est engagé, vois-tu. S'il reste à la maison de quoi acheter un cierge pour brûler près de mon corps, c'est tout ; et, tu entends, je mourrai désespérée, si je meurs avec l'idée de ne pas être réunie à mon petit Georges.

– Mais combien cela coûte-t-il donc un terrain ?

– Oh ! cher, très cher, cinq ou six cents francs.

– Cinq ou six petits francs, oh ! pauvre amie, calme ta chère âme et meurs tranquille.

– Tu t'en charges ?

Je fis un signe de la tête, je ne pouvais plus parler.

Elle fit un effort, je sentis sur mon front la pression de deux lèvres déjà froides.

– Appelle-les, dit-elle, appelle-les, il est temps.

Je me précipitai vers la porte, et j'appelai.

Luguet et Caroline rentrèrent, soutenant Merle qui se traîna jusqu'à un fauteuil.

Je me reculai contre la muraille, je devais céder la place aux enfants.

Elle me chercha des yeux et me fit un signe.

Luguet avaitpris ma place et s'était jeté la tête sur son lit.

Caroline pleurait à genoux.

– Merle, Merle, dit-elle.

Puis, cherchant de la main Luguet, elle porta cette main sur sa tête, parut réunir toutes ses forces et prononça ces deux mots :

René sublime !

C'étaient les derniers, elle était morte !

On entendit alors, dans la chambre funèbre, cette plainte éternelle qui se redit à chaque heure du jour sur la terre !…

IX

À partir de ce moment je n'avais plus à m'occuper que d'une chose, c'était de tenir la promesse que j'avais faite à la morte.

Je courus chez moi ; j'ouvris tous mes tiroirs ; je réunis deux cents francs ; je retournai rue de Varennes, je les mis sur une table en disant :

– En attendant.

Puis je remontai dans mon cabriolet.

– Où diable irai-je chercher les trois ou quatre cents francs restant ?

Jusqu'au moment où Millaud a fait fortune, je n'ai jamais eu pour amis que des gueux.

Pardieu si Millaud avait été riche à cette époque, j'aurais été chez Millaud.

Mais il ne l'était pas.

Je ne connaissais aucun ministre ; je n'en passai pas moins leurs noms en revue, et je m'arrêtai à celui de M. Falloux.

Pourquoi plutôt M. Falloux qu'un autre ? Je n'en sais ma foi rien.

Je crois cependant me rappeler qu'il avait fait un assez beau discours la veille, et il me semblait qu'un homme éloquent devait être un homme bon.

Je me fis annoncer chez M. Falloux, qui me reçut à l'instant même.

Il s'avança vers moi évidemment fort étonné de ma visite : nous étions loin d'être de la même opinion, et en 1849 l'opinion était encore pour quelque chose dans les relations sociales.

– Monsieur, lui dis-je, vous m'excuserez de vous avoir choisi, par une sympathie instinctive, entre tous vos collègues pour venir vous demander un service.

M. Falloux s'inclina en homme qui dit ; J'attends.

– Madame Dorval vient de mourir, continuai-je, et dans un tel état de dénûment que c'est à ses amis et à ses admirateurs de se charger de ses funérailles. Je suis de ses amis, j'ai fait ce que j'ai pu ; vous devez être de ses admirateurs, faites ce que vous pouvez.

– Monsieur, me répondit M. Falloux, comme ministre, je ne puis rien ; mon département n'a pas de fonds pour les artistes dramatiques ; mais, comme simple particulier, permettez-moi de vous offrir ma contribution à l'œuvre pieuse.

Et tirant sa bourse de sa poche, il me remit cent francs.

Il n'y avait pas loin de la rue Bellechasse à la rue de Varennes : je remontai en cabriolet, et j'allai porter mes cent francs.

Hugo venait d'en apporter deux cents qu'il était allé prendre, je crois, au ministère de l'intérieur.

Deux cents francs encore, et les premiers frais étaient couverts, et Dorval avait une tombe provisoire de cinq ans.

Pendant ces cinq ans on aviserait.

Je demandai à Merle une lettre pour un personnage tout-puissant ; je vainquis ma répugnance, je me présentai moi-même chez lui ; j'eus toutes sortes de promesses pour ces deux misérables cents francs.

Le lendemain, je finissais par où j'eusse dû commencer : je mettais ma décoration du Nisham en gage, et je les avais.

Le 20 mai, je crois, les funérailles eurent lieu. Qui y était ? qui les a vues ? qui se les rappelle, ces funérailles si tristes, où tous les cœurs étaient si brisés que personne ne prit la parole ?

Camille Doucet seul, ne voulant pas que cette ombre triste et voilée descendît au plus profond de la mort sans un mot d'adieu, prononça quelques paroles sur la tombe.

Je n'ai vu de deuil, de silence et de tristesse pareils qu'au convoi de madame de Girardin.

On me poussa pour parler ; outre que je ne sais parler ni dans un dîner ni sur une tombe, j'ai, – dans ce dernier cas, et surtout plus je regrette sincèrement le trépassé, – j'ai l'idiotisme des larmes.

Je m'avançai, j'ouvris la bouche, mes sanglots m'étouffèrent.

Je ne pus que me baisser, briser une fleur de la couronne qui avait accompagné son cercueil et que l'on venait de jeter sur sa tombe, la porter à mes lèvres et me retirer.

Tout était dit.

La pauvre chère créature pouvait dormir là ; tranquille pendant cinq ans.

X

Mais restait à s'occuper des vivants.

Dorval m'avait dit vrai : le dénûment était absolu.

Merle avait passé sa vie à glorifier mademoiselle Rachel ; à ce talent savant et classique, il avait tout sacrifié, jusqu'au génie instinctif de la pauvre Marie. Je l'avais vue bien souvent attristée de cette espèce de trahison dans sa propre famille.

On pensa, Dorval morte, à se faire un appui de cette partialité.

On sollicita et l'on obtint une représentation du Théâtre-Français.

Si l'on eût fait pour la vivante ce que l'on consentait à cette heure à faire pour la morte, peut-être ne serait-elle pas encore à cette heure au tombeau.

On sollicita Rachel.

Rachel consentit : seulement les délais furent longs.

Dorval était morte le 18 mai ; la représentation ne put avoir lieu que le 13 octobre.

Elle produisit six mille cinq cents francs de bénéfice net.

Cette représentation avait été pendant cinq mois le rocher de Sisyphe du pauvre Luguet : chaque matin il avait soulevé une promesse ; chaque soir il avait été écrasé par un retard.

Pendant ce temps, lui, qui avait tout sacrifié à son dévouement filial, même son état, puisqu'il avait rompu son engagement pour suivre Dorval, jouer avec elle et la soigner, lui n'avait gagné aucun argent.

De sorte que cette représentation, qui eût pu sauver Dorval de la mort avant sa mort, sauver ses enfants de la misère, venant dans les quinze jours de sa mort, était une pierre dans un gouffre cinq mois après sa mort.

Cependant, Luguet rentra à la maison, reconnaissant envers la grande artiste, qui, tout en acquittant un devoir de fraternité, venait de faire une bonne action.

Il rêvait, grâce à ces six mille cinq cents francs, l'acquisition du terrain à perpétuité, et sur la tombe un petit monument, ou tout au moins une pierre avec le nom de Marie Dorval.

Mais, en rentrant dans la pauvre maison avec cette somme, il se trouva en face de M. Merle, qui pensa que le repos des vivants devait passer avant la glorification des morts.

Les saisies s'étaient abattues de toutes parts sur le mobilier.

En vieillissant, comme vous l'avez si bien dit, ma grande amie, Merle était devenu un peu égoïste.

En somme, il était le chef de la maison ; lui, jadis si philosophe, il pleurait maintenant à la vue d'un papier timbré.

Il fallut lâcher les six mille cinq cents francs.

Chaque huissier mordit sa bouchée.

La dernière pièce d'or était disparue au bout de huit jours.

Trois mois après on vendait le mobilier comme si l'on n'eût pas donné d'à-compte, et Luguet restait devant cette pensée terrible que lorsqu'il irait dire à ses amis, à la ville de Paris ou au gouvernement :

– Aidez-moi à empêcher que le corps de madame Dorval soit jeté à la voirie.

On lui répondrait :

– Mais qu'avez-vous donc fait de la représentation de mademoiselle Rachel ?

Et alors dans combien de détails faudrait-il entrer pour faire ouvrir ces mains qui ne demandent pas mieux que de rester fermées !

XI

En attendant, mademoiselle Rachel avait rendu un grand service. Que pourrait-on donner comme souvenir à mademoiselle Rachel ?

Cela tourmenta huit jours la pauvre famille.

Il restait une relique précieuse de la pauvre morte. C'était sa Bible, cette Bible qui ne la quittait jamais, dont le petit Georges regardait les images, et dans laquelle elle cherchait des consolations au milieu de toutes les grandes douleurs de sa vie.

Aussi cette Bible n'était-elle pas une bible ordinaire, non pour le luxe de la typographie, non pour l'éclat de l'enluminure, non pour la richesse de sa robe.

Elle était reliée tout simplement en chagrin avec des angles et un fermoir d'argent.

Mais sur chaque feuille blanche, derrière chaque image de saint, il y avait quelque pensée douloureuse ou consolatrice, écrite de la main de la pauvre morte.

Donnons-en une idée !

BIBLE DE DORVAL

1re PAGE, RECTO :

Songez à Dieu et regardez dans le ciel, j'ai là un ange que j'y revois, vous y reverrez le vôtre.
Victor Hugo, 22 mai 1848.

Rien ne vous consolera plus jamais !
Desbordes Valmore, 22 mai 1848.

Il y avait déjà de l'ange dans ce petit être chéri.

Eugène Luguet, 22 mai 1848.

2e page, verso :
Salvete flores Martyrûm.

Nous vous saluons, fleurs et prémices des martyrs, qui à peine avez-vous vu le jour, que vous avez été enlevées de ce monde par la rage d'un persécuteur de Jésus-Christ, comme les roses encore tendres et naissantes sont enlevées par un tourbillon de vent.

Vous avez été les premières victimes de Jésus-Christ, et vous avez été comme de jeunes agneaux immolés à ce divin agneau, et maintenant vous vous jouez innocemment avec les palmes et les couronnes qu'il vous a fait remporter par votre mort.

. . . .
. . . .

C'est pour l'amour de vous, Seigneur, que l'on nous met à mort.

. . . .
. . . .

On entendit dans Rama les cris lamentables de Rachel pleurant ses enfants et ne pouvant se consoler de les avoir perdus !

. . . .
. . . .

Ils n'ont point souillé leurs vêtements, leur âme était agréable à Dieu, c'est pourquoi il s'est hâté de les tirer du milieu de l'iniquité, parce qu'il les a trouvés dignes de lui.

3e page, verso :
Pour notre Georges.

Orléans, janvier 1849, entendu la messe à la cathédrale.

Valenciennes, 16 février 1849, entendu la messe à Saint-Géry.

Saint Omer 16 mars 1849, entendu la messe à Saint-Denis.

4e page verso :

Encore un peu de temps et vous ne me verrez plus, encore un peu de temps et vous me reverrez, parce que je m'en vais à vous, mon père.
Évangile, saint Jean, chap. xvi, v. 16.
Ce qui me console, c'est qu'il viendra un temps où ce temps sera bien loin.

Février 1849. – Valenciennes.
AVANT-DERNIÈRE PAGE, VERSO :

....
Le convoi descendit au lever de l'aurore ;
Avec toute sa pompe, avril venait d'éclore ;
Il couvrait en passant d'une neige de fleurs
Ce cercueil virginal, et le baignait de pleurs !
L'aubépine avait pris sa robe rose et blanche ;
Un bourgeon étoilé tremblait à chaque branche ;
Ce n'étaient que parfums et concerts infinis :
Tous les oiseaux chantaient sur les bords de leurs nids.

Brizeux.

....
Toutes fragiles fleurs sitôt mortes que nées,
Alcyons engloutis avec leurs nids flottants ;
Colombes que le ciel au monde avait données,
Qui, de grâces, d'enfance et d'amour couronnées,
Comptaient leurs ans par les printemps.

Quoi ! mortes ! Quoi ! déjà sous la pierre couchées !
Quoi ! tant d'êtres charmants sans regards et sans voix !
Tant de flambeaux éteints, tant de fleurs arrachées !
Ah ! laissez-moi fouler les feuilles desséchées,
Et m'égarer au fond des bois !…

Doux fantômes ! c'est là, quand je rêve dans l'ombre,
Qu'ils viennent tour à tour m'entendre et me parler ;
Un jour douteux me montre et me cache leur nombre.
À travers les rameaux et le feuillage sombre,
Je vois leurs yeux étinceler.

Sa pauvre mère, hélas ! de son sort ignorante,
Avait mis tant d'amour sur ce frêle roseau.
Et si longtemps veillé son enfance souffrante,
Et passé tant de nuits à l'endormir pleurante.
Toute petite en son berceau !

Victor Hugo.
DERNIÈRE PAGE, RECTO :
Cher ange, prie Dieu pour moi, afin que j'aie le courage de supporter ta perte jusqu'au moment où il lui plaira de me réunir à toi.

Marie Dorval.
Puis venaient les légendes écrites derrière ces images que regardait le petit Georges et qui servaient de signet au livre.

Derrière un Christ flagellé :

Jésus, dans le jardin des Oliviers, fut saisi de tristesse et ayant le cœur pressé d'une extrême affliction dit : Mon âme est triste jusqu'à la mort.

Saint Matthieu.
Mon père, tout vous est possible, transportez ce calice loin de moi, mais néanmoins que votre volonté soit faite et non pas la mienne.

Saint Marc.
Humiliez-vous sous la puissante main de Dieu, afin qu'il vous élève au temps de sa visite.

Ne cherchez point à pénétrer ce qui surpasse vos forces, mais pensez toujours à ce que Dieu vous a commandé, et n'ayez pas la curiosité d'examiner la plupart de ses ouvrages.

Et vous, Seigneur, ayez pitié de nous.

Derrière une Mater Dei :

Mon pauvre enfant, prie Dieu d'envoyer à ta grand-mère un peu de ce calme dont tu jouis auprès de lui.

Derrière une petite image représentant un chien et une colombe au pied de la croix :

Si je viens à t'oublier, ô mon fils, que ma main droite devienne sans mouvement.

Que ma langue demeure toujours attachée à mon palais, si je ne me souviens toujours de toi, si je ne mets pas ma plus grande joie à m'entretenir de toi.

(Psaume.)
Puis enfin, à une gravure représentant la mort, elle avait mis sur le crâne chauve et nu de l'implacable déesse une couronne de roses et une auréole d'or qui transformait en un ange sauveur le sombre recruteur des tombeaux.

XII

Voici quelle était cette bible, précieuse relique de famille, dont la famille se décidait à se dessaisir pour remercier la grande artiste du service qu'elle venait de lui rendre.

On fit imprimer en lettres d'or sur la couverture :

À RACHEL
SOUVENIR
DE
RECONNAISSANCE
des petits-enfants
DE MARIE DORVAL
13 octobre 1849.
Puis, après avoir donné un dernier baiser à cette bible, on l'envoya à mademoiselle Rachel.

Le lendemain on annonça chez Luguet : Madame Senneville.

Madame Senneville est à notre grande tragédienne ce qu'Œnone est à Phèdre :

La confidente.

Madame Senneville tenait la bible et la faisait sauter dans sa main.

– Bonjour, Luguet, bonjour, mes petits enfants, dit-elle. Je viens de la part de Rachel pour vous dire qu'elle est bien sensible à votre attention, chers enfants ; mais vous comprenez, une bible à une comédienne ! eh bien, elle aimerait mieux un autre souvenir, la moindre chose, un bijou que Dorval aurait porté.

– Madame, répondit Luguet avec un triste sourire, il n'y a plus de bijoux dans la maison, tous sont vendus ou au mont-de-piété.

– Comment, comment, il ne vous reste pas même cette paire de bracelets que Bénazet avait donnée dans le temps ?

– Rien ne reste, excepté une couronne d'or, qui a été offerte à Marie par le public de Toulouse, et...

Madame Senneville ne laissa point Luguet achever sa phrase.
– Eh bien c'est cela, c'est cela, dit-elle, envoyez-la-lui, elle aimera mieux cela que le livre.

– Demain, mademoiselle Hachel aura la couronne.

– Merci pour elle ; tenez, voilà votre bible.

Et madame Senneville posa la bible sur une table et sortit.

Les pauvres affligés se regardèrent.

Il était impossible que cette femme vînt de la part de la grande artiste que Paris admire, que l'Europe enrichit.

Au reste, on le saurait bien le lendemain, puisque le lendemain on enverrait la couronne.

Le lendemain Luguet brisa la feuille sur laquelle étaient gravés ces mots : Hommage rendu au génie ! et après avoir fait habiller les deux petits enfants tout en blanc, il leur donna la couronne et leur dit :

– Mes enfants, vous allez chez mademoiselle Rachel, c'est une femme d'un grand talent et qui a été excellente pour nous. Vous l'embrasserez bien et vous lui donnerez cette couronne au nom de votre pauvre grand-mère qui est morte, au nom de votre petit frère qui est mort, et en notre nom à nous, qui avons le malheur d'être encore vivants, vous entendez bien ?

– Oui, papa, répondirent les enfants.

On les mit dans une voiture et ils partirent pour la rue Trudon.

Une demi-heure après ils étaient de retour.

Le père et la mère les attendaient et allèrent les recevoir à la porte.

– Eh bien, demanda le père, avez-vous bien remercié et bien embrassé mademoiselle Rachel ?

– Non, papa, répondirent les enfants.

– Pourquoi cela ?

– Parce que nous ne l'avons pas vue.

– Comment ! vous ne l'avez pas vue ?

– Non, on nous a fait entrer dans la cuisine seulement, puis la femme de chambre est descendue, elle a dit que c'était bien, on nous a pris notre couronne d'or, on nous a remis en voiture et nous voilà.

Nous sommes convaincu de deux choses :

– C'est que mademoiselle Rachel a toujours ignoré la démarche de madame Senneville.

– C'est qu'elle n'a jamais su que c'étaient les petits-enfants de madame Dorval qui étaient venus lui apporter la couronne d'or de leur grand-mère.

Quant à la bible, relique précieuse d'amour maternel et de piété religieuse, elle est restée au lieu de la couronne d'or, dans la main des enfants et des petits-enfants ; seulement avec la pointe d'un canif Luguet a gratté les deux mots :

À RACHEL.

Lundi, 15 juillet 1855
Mon cher Dumas,
Hier matin, à six heures et demie, nous sommes partis, mon frère, ma femme et moi, et nous nous sommes rendus au cimetière de Montparnasse pour procéder à l'exhumation de notre pauvre Marie, et réunir ses ossements à ceux de son pauvre petit Georges qu'elle a tant aimé, et qui est deux fois sien aujourd'hui, par son amour et par la mort.

Nous n'avions plus que trois jours pour lui rendre ce dernier devoir.

Excusez-moi d'être arrivé sans vous à ce grand résultat d'avoir acheté un terrain à perpétuité.

Vous avez tant de soins à suivre, tant de devoirs du genre de celui-ci accomplir, que j'étais décidé à attendre la dernière extrémité pour vous rappeler l'engagement que vous aviez pris au lit de mort de notre pauvre Marie, d'empêcher que son corps ne fût jeté à la fosse commune.

Puis, il faut tout vous dire : nous avons longtemps espéré que la ville de Paris nous ferait don de ces six pieds de terrain.

De son vivant, notre chère Marie m'avait dit plus d'une fois, en parlant de sa mort et du lit où elle espérait reposer pour l'éternité :

— Moi morte, vous trouverez facile, je l'espère ; le moyen d'obtenir une concession. J'ai donné, par les recettes que j'ai fait faire aux théâtres, plus de cent mille francs aux pauvres ; car, si l'on compte les six ou huit grands succès de ma vie, comme les hospices touchent onze pour cent sur chaque recette, nous ne devons pas être loin du compte.

J'ai fondé un lit à la crèche Saint-Antoine, sous le patronage de Georges ;

c'est madame Hugo m'a dirigée dans cette fondation.

J'ai été nommée dame de charité d'une ville du midi, où j'ai également fondé un lit et donné quinze cents francs aux pauvres.

Je ne crois pas qu'on me refuse six pieds de terrain.

Le jour était venu de savoir si madame Dorval s'était trompée.

Elle s'était trompée, mon ami ; les bons cœurs sont sujets à ces sortes d'erreurs.

J'écrivis à M. Berger, maire de Paris, en lui mettant tous ces titres sous les yeux, et il m'a été répondu :

« Que les terrains ne s'accordaient qu'aux personnes qui avaient rendu des services au pays.

« Signé : Berger. »

M. Berger se retira : on me conseilla de renouveler la tentative auprès de son successeur.

J'y répugnai ; je craignais un second refus ; je cherchai d'autres moyens.

Sur mes appointements, dont je nourris sept personnes, et dont tout ce qui est saisissable est saisi pour payer nos anciennes dettes du temps de Marie et de Merle, je trouvai moyen d'économiser deux cents francs.

Puis, des pauvres reliques que j'avais retirées, avec bien de la peine, allez ! du mont-de-Piété de Caen, je fis, en les reportant au mont-de-piété de Paris, une autre somme de trois cents et quelques francs, qui suffit à acheter à perpétuité le terrain où était enterré notre petit Georges ; celui où était enterrée Marie était destiné à devenir la fosse commune du cimetière.

Cet argent n'a été réuni que vendredi 13, l'achat fut fait samedi 14, et voilà comment, mon bon ami, dimanche 15 je me mettais à six heures et demie en route pour le cimetière Montparnasse, afin de procéder à cette terrible cérémonie de l'exhumation.

M. Chapron, conservateur du cimetière, qui, dans cette circonstance si douloureuse pour nous, a mis tout ce que l'on peut mettre d'égards, de complaisance et de bonté, M. Chapron avait déjà fait fouiller la tombe de Marie jusqu'au cercueil, afin d'abréger un peu la dure épreuve que nous allions subir.

Craignant que Caroline ne fût trop douloureusement impressionnée, je la laissai avec mon frère près de la tombe de Georges, en lui disant :

– Reste là, et prie Dieu pour qu'il donne le repos aux morts et la force aux vivants.

Je jetai un regard sur la tombe.

Celle-là aussi était fouillée jusqu'au cercueil, et notre pauvre petit attendait l'arrivée de sa grand-mère au milieu de ses rosiers renversés.

Je m'acheminai donc tout seul vers la tombe de Marie.

Là, je trouvai le préposé aux exhumations, une espèce de commissaire des morts, qui assiste à ces sombres cérémonies pour constater l'identité des cadavres enlevés.

Les deux fossoyeurs se tenaient dans la fosse, les jambes écartées sur la bière, les bras croisés en attendant.

Sur le bord était un petit cercueil tout ouvert, qui paraissait un cercueil d'enfant.

Je demeurai tout bouleversé, immobile, sentant mes cheveux frémir et la sueur de l'agonie me perler au front.

Mes yeux ne pouvaient se détacher de cette boîte terreuse qui renfermait le bonheur éteint de toute une famille.

Les deux fossoyeurs comprirent l'impression produite sur moi par ce spectacle, et attendirent, sans bouger, que je fusse un peu remis.

Quelques minutes me suffirent pour prendre une apparence de sang-froid, et d'une voix que je m'efforçai de rendre calme :

– Allons, leur dis-je.

Ô maître ! sais-tu à quoi je pensais ? À ma douleur, d'abord, au milieu de ma douleur, j'allais une réminiscence de cet autre maître, le maître à tous, qu'on appelle Shakespeare.

N'étais-je pas là comme Hamlet et les deux fossoyeurs ! et, pauvre comédien, n'étais-je pas autant par ma douleur, aux regards de Dieu, que ce fils de roi qui interrogeait sur les mystères de la mort la tête d'Yorick, lequel, au bout du compte, ne lui était rien ! tandis que ces ossements qui allaient rouler devant moi, c'étaient ceux de ma chère Marie, de la mère, de ma Caroline, de la grand-mère de mon Georges.

Ces idées se heurtaient confuses dans mon esprit, tandis que je regardais ce petit cercueil d'enfant, et que je me demandais ce qu'il pouvait faire là.

Les ouvriers de la mort virent ma préoccupation.

L'un d'eux le toucha de la main, me parlant de l'intérieur de la fosse.

– Monsieur, me dit-il, vous regardez cela ?

– Oui

– Et vous vous étonnez que cela soit petit ? Ah ! mon Dieu, allez, ce sera encore assez grand pour mettre ce qui reste à cette heure-ci de la pauvre dame que nous avons si souvent vue pleurer et entendue gémir sur la tombe de son pauvre petit.

– Comment ! m'écriai-je, c'est pour ?...

Je ne pus achever.

– Oui, monsieur, et tout tiendra là-dedans, je vous en réponds. Allez, c'est bien peu de chose que notre pauvre corps quand depuis six ans il est dans la terre.

– Mais vous allez donc ouvrir celui-là ? m'écriai-je.

Et je montrai le cercueil qui était au fond de la fosse.

Il le faudra bien : le cercueil ne tient que parce qu'il est en place ; mais nous ne pouvons pas même essayer de l'enlever, il tomberait en morceaux.

– Mon Dieu ! mon Dieu ! m'écriai-je en reculant d'un pas, je ne m'attendais pas à cette épreuve !

– Oh ! monsieur, reprit le fossoyeur, du courage ! Nous y toucherons avec toutes sortes de ménagements ; la chère dame ! elle a passé près d'un an avec nous, elle savait nos noms, et quand nous allions déjeuner, nous faisions un détour pour passer de son côté, et lui dire bonjour en passant.

Elle va être bien heureuse de se trouver réunie à son petit Georges, nous avons cru un instant qu'elle était oubliée.

– Oh !

– Dame ! monsieur, ne vous fâchez pas, ceux qui sont sur la terre ont tant d'embarras qu'ils peuvent bien parfois oublier ceux qui sont dessous.

Enfin, vous voilà, c'est bien de votre part, c'est tout ce que nous avons à vous dire.

Alors ils se sont baissés, ils ont passé leurs doigts entre le couvercle et les planches verticales formant les deux côtés ; j'entendis le bois crier, le couvercle céda.

Mes tempes étaient serrées comme dans un étau ; je ne voyais plus qu'à travers un brouillard, ou plutôt je ne voyais pas.

Les deux fossoyeur poussèrent un cri d'étonnement en s'appuyant des deux côtés de la fosse pour démasquer le cercueil béant, en disant :

– Voyez.

Je fis un effort et je vis.

Elle était tout entière.

À son aspect je perdis connaissance.

Un instant après, je revins à moi ; puisque j'étais là ce n'était point pour m'épargner.

Tout en essuyant la sueur et les larmes qui coulaient tout ensemble sur mon visage, je ramenai mes yeux sur le cercueil.

Elle y était tout entière !

– Ah ! monsieur, me dit un des deux fossoyeurs, la chère dame a dû mourir par accident ; depuis trente ans que je creuse pour en mettre et pour en ôter, jamais je n'ai trouvé aucune personne aussi bien conservée. Cette femme-là devait vivre cent ans, monsieur.

Pierre, va-t'en chercher une bière d'enterrement, et pour une grande personne, tu entends ?

Pierre, qui avait gardé le silence pendant tout le temps que son compagnon avait parlé, sortit de la fosse et s'en alla remplir sa commission.

Je chancelais sur mes jambes : je me sentais défaillir une seconde fois.

Je m'assis sur la tombe voisine, de là, je regardais notre pauvre Marie.

Mon cher Dumas, imaginez-vous que ses cheveux, que j'avais rasés, étaient repoussés de deux ou trois pouces, et qu'elle avait toujours la petite croix d'or que je lui ai attachée au cou, et son médaillon où sont les cheveux de Georges.

L'homme revint avec la bière.

Alors les deux fossoyeurs ont pris notre chère Marie en lui parlant comme à un être vivant.

– Allons, pauvre femme, lui disaient-ils, vous devez être bien contente ; nous allons vous réunir à votre pauvre petit que vous regrettiez tant.

Cette fois vous ne le quitterez plus.

Alors ils la soulevèrent.

Dans la secousse qu'ils imprimèrent au cadavre, il se fit à l'épaule une espèce de gerçure.

Le fond en était rose, mon ami ; rose comme dans une chair vivante.

Après l'avoir placée dans son nouveau cercueil, ils ont ramassé les débris d'objets différents et les lambeaux du suaire.

Puis, pour la seconde fois, j'ai entendu retentir les coups de l'affreux marteau qui frappe à la porte de l'éternité.

Puis ils l'ont mise sur leurs épaules, et nous sommes partis à travers les petits sentiers fleuris.

Nous sommes arrivés à la tombe de Georges, ma femme et mon frère nous y attendaient.

On y a descendu Marie ; le bruit qu'a fait la bière de la grand-mère en touchant celle de l'enfant a dû retentir au ciel comme dans mon cœur, et si froids que la mort les ait faits, les ossements de ces deux êtres, qui se sont tant aimés, ont dû tressaillir.

Quant à nous, nous avons repris le chemin de la maison, et nous sommes rentrés dans Paris, dont chaque bruit, chaque parole nous semblait être un blasphème.

Nous avons fait notre devoir, mon ami.
Nous ne devons plus rien à la pauvre Marie, que notre amour et nos prières. Nous y avons laissé le reste de nos pauvres petits bijoux, et je suis fier de me dire que dans ce Paris, séjour de toutes les gloires, dans ce Paris peuplé de tant de grands noms, dans ce Paris riche de tant de mil-

lionnaires, ce n'est qu'en prenant sur l'existence de nos pauvres enfants, que nous avons pu trouver une somme suffisante à enterrer Marie Dorval.

Tout à vous,
René Luclet.

Au reçu de cette lettre, j'ai écrit à l'instant même à Luguet.
Mon pauvre ami.
Envoyez-moi la liste des objets que vous avez engagés, et le total de la somme que cet engagement a produit.

J'ai une idée.

Tout vôtre,
Alex. Dumas.
Deux heures après, j'avais cette réponse :

Cher Dumas,
Voici la liste de nos pauvres reliques, et la somme qu'elles ont procuré :

Une cassolette donnée par moi à Marie, avec le nom de Georges gravé sur la couronne d'épines du Christ.   80 fr.
Une broche avec le portrait de Georges.   30
La montre de madame Dorval.   70
Le petit couvert et la timbale de Georges. 20
L'anneau d'or auquel était pendue sa croix.   20
Une bague et une broche données par Ponsard en souvenir de Lucrèce. 30
Un bracelet donné à Dorval par madame Malibran   80
Total 355 fr.
Le jour où nous reverrons ces objets chéris, nous serons bien récompensés de tout ce que nous avons souffert.

À vous de cœur,
René Luguet.

Vous comprenez mon idée, chers Lecteurs, nous ne pouvons pas laisser vendre ces pauvres bijoux, seul héritage des enfants de cette grande artiste que nous avons tous applaudie, et qui a joué Adèle, Marion Delorme et Ketty Bell.

Cela vous regarde, chers Lecteurs, et vous surtout, chères Lectrices. Venez à moi comme vous y êtes toujours venus, déposez ce que vous voudrez pour cette œuvre pieuse, soit au bureau du Mousquetaire, soit à la Presse, soit à la Librairie Nouvelle.

Le Mousquetaire demande l'honneur de se mettre à la tête de la souscription.

SOUSCRIPTION ARTISTIQUE
POUR RACHETER AUX PETITS-ENFANTS DE DORVAL LES BIJOUX DE LEUR GRAND-MÈRE.

Le Mousquetaire   20   fr.
M. Willems 5
M. Barthet 5
M. Ponsard 20
M. C. Bourdet   5
M. Arthur Stevens 10
M. Joseph Stevens 5
Mme E. M. 20
Mme Ristori   10
Mme de Silva   20
La Librairie Nouvelle   20
Un inconnu 5

M. Dondey-Dupré 5
M. E. Rouit 2
M. Albert Rouit   »   50
Un Louisiannais   20
M. Méry   5
M. Maxime Du Camp   5
M. C. S.   1
Un ex-souffleur de la Porte-Saint-Martin   5
M. Paul de Marly   2
Total190   fr.   50

Chers Lecteurs, belles Lectrices,
Encore une bonne œuvre à accomplir, et dans laquelle, je l'espère, vous ne nous abandonnerez pas.

Eh ! mon Dieu, si tous ceux qui ont applaudi notre pauvre Marie Dorval dans les Deux Forçats, dans le Joueur, dans l'Incendiaire, dans Antony, dans Marion Delorme et dans Ketty Bell apportaient chacun un franc seulement, ce n'est plus une pierre que l'on pourrait mettre sur sa tombe, ce serait un monument que nous pourrions lui faire bâtir.

Nous ne sommes pas si exigeants, nous ne demandons pas qu'on inhume, comme en Angleterre, les artistes dans la sépulture des rois, nous demandons seulement qu'on ne les jette pas dans la fosse commune.

Allons, nos frères les artistes, venez à nous, ce que je fais aujourd'hui pour Dorval, d'autres après moi le feront pour vous !

Donnez !

Je sais bien que vous n'êtes pas riches : l'action n'en sera que plus méritoire. Elle donnait si facilement, elle !

Maintenant, outre les 20 francs que d'Artagnan a donnés, voilà ce qu'il offre :

À partir d'aujourd'hui seront déposés, chez MM. Jaccottet et Bourdilliat, à la Librairie Nouvelle, au coin du boulevard et de la rue de Grammont, les onze articles que vous venez de lire.

Il y a des amateurs d'autographes si fous, et des cœurs si bons, qu'ils sont capables de donner 10 francs de chaque chapitre séparé, ou même 110 francs du tout.

Qu'ils les donnent, la souscription en ira plus vite.

En outre, mercredi, MM. Jaccottet et Bourdilliat mettront en vente, au prix de 50 centimes, à la Librairie Nouvelle, ces onze articles réunis en brochure, sous le titre de :

LA DERRIÈRE ANNÉE
DE
MARIE DORVAL,
PAR ALEX. DUMAS.

Prix : 50 centimes, – Pour le tombeau !

Et pour concourir, autant qu'il est en eux, à la bonne action entreprise, MM. Jaccottet et Bourdilliat, après avoir fait toutes les avances d'impression et de publicité, rentreront dans leurs frais, mais refusent toute commission.

Et maintenant, abandonnons notre barque au courant de la sympathie publique. Plus tard, nous ferons autre chose, – jamais nous ne ferons mieux !

Alex. Dumas.

Nous recevons à l'instant même cette lettre de René Luguet :

A. D.

Cher Dumas,

Vous venez de terminer le récit des souffrances de Marie Dorval par un de ces élans de cœur qui prouvent ce que les malheureux doivent attendre de vous.

Mais la position que je me suis faite en accomplissant un devoir que vous avez bien voulu considérer comme un dévouement, ne me permet pas d'accepter la pensée d'une souscription.

Certes, ces reliques nous sont chères !... et j'espère les revoir un jour, mais c'est à mon travail seul que je veux les devoir.

Marie Dorval n'a plus rien à envier aux heureux de la terre : elle est réunie pour toujours à son cher Georges !...

Elle n'a pas de monument, mais sa tombe est couverte de fleurs que sa brave fille entretiendra toute sa vie ! Et plus tard, nos petits-enfants continueront cette tâche, si triste et si douce !

Vous venez de lui élever un mausolée plus impérissable qu'une pierre tumulaire, car vous avez mis au jour ce cœur si grand, si méconnu !

Il est autour de nous des malheurs devant lesquels je dois taire les miens, et si déjà vos gracieuses lectrices ont répondu à votre généreux appel, eh bien ! que cette bonne action ne soit pas perdue, vous trouverez facilement autour de vous une de ces misères dignes et silencieuses... portez-leur cette offrande.

Il nous sera bien doux de penser qu'elles doivent ce rayon de soleil au nom de Marie Dorval !

À vous de tout cœur,
René Luguet.

Bravo mon cher Luguet.

Les sommes sont chez moi à la disposition des personnes qui les avaient versées.

Le manuscrit est chez moi à votre disposition.

Enfin, je vous demande une seule chose : c'est de laisser vendre la brochure.

Et, du produit de cette brochure, de payer la pierre du tombeau.

À vous de cœur,

Alex. Dumas.

La souscription pour la tombe de Marie Dorval est interrompue.

Par une noblesse de sentiments que tout le monde comprendra, celui que, en étendant ses mains, la mourante a baptisé du nom de sublime, au moment de rendre le dernier soupir, René Luguet, ne veut devoir qu'à son travail l'accomplissement de la tâche qu'il s'est imposée.

Cependant, pour prouver combien il y en a qui étaient désireux de s'associer à notre œuvre, nous ne pouvons résister au désir de publier la lettre suivante :

28 juillet 1855.
Monsieur Dumas,
Je lis chaque jour le Mousquetaire.

À l'article Marie Dorval, vous parliez d'ouvrir une souscription pour ériger un monument sur sa sépulture.

Ma petite souscription est de vous offrir de faire l'inscription que vous désirez faire graver sur la pierre.

Quoique la souscription ait été refusée, je maintiens toujours mon offre, et prie M. René Luguet de l'accepter.

Votre sincère admirateur,

Damour,
Sculpteur-marbrier du cimetière,
rue Delambre, 19, à Paris.

Vous voyez cette lettre.

En voici une plus touchante encore peut-être qui nous arrivait.

Elle est d'un enfant.

Monsieur,
Chaque fois que je gagne la croix, père me donne dix sous. Je l'ai eue samedi, et comme il m'a raconté l'histoire du petit Georges et de sa bonne maman, je serais bien content si vous vouliez ma petite pièce.

Je vais encore m'appliquer cette semaine pour en avoir une autre, et je vous la donnerai si on me le permet.

Albert Rouit.
Mon cher Dumas,

À Mayence, que je traverse aujourd'hui, je lis le Mousquetaire d'avant-hier.

Pendant mon passage à l'administration du Gymnase, j'ai eu le bonheur de connaître madame Dorval, et celui, plus grand encore, de l'avoir pour interprète dans plusieurs pièces que je fis représenter à ce théâtre.

J'ai donc bien le droit, je pense, de joindre ma modeste offrande à celles plus considérables qui vous seront adressées sans doute ; et je vous prie de faire toucher le petit bon ci-joint chez M. Dulong, notre agents puisque je suis trop loin de vous pour aller vous en porter le montant moi-même.

Toujours bien à vous,

Laurencin.

Mayence, 29 juillet 1855.

Puis encore celle-ci :
Mon cher Dumas
Je ne saurais vous dire combien m'ont ému vos articles sur Dorval. Ces pages, plutôt sanglotées qu'écrites, et remplies d'une pitié presque cruelle, m'ont fait verser bien des larmes ! Merci pour ces larmes, ou pour mieux dire pour ce prétexte de pleurer : car le cœur humain cet orgueilleux chien de cœur, est ainsi fait, que quelque oppressé qu'il se sente, parfois il voudrait crever plutôt que chercher à se soulager par des larmes, ce chien de cœur orgueilleux doit être très content chaque fois qu'il lui est permis de se désaltérer de ses propres douleurs par des larmes, tout en ayant l'air de ne pleurer que sur les infortunes des autres ! Merci donc pour vos pages attendrissantes sur Dorval !

Le lendemain de votre appel aux sympathies posthumes des amis de la défunte, je me suis empressé d'y répondre en envoyant vingt francs aux bureaux du Mousquetaire ; aujourd'hui que vous retirez la souscription et que vous invitez les souscripteurs à retirer aussi leurs versements, vous me causez un petit embarras. Mes sentiments superstitieux ne me permettent pas de remettre dans ma bourse de l'argent destiné à m'associer à une œuvre pieuse, même en me proposant de l'employer plus tard à un usage analogue. Je vous prie donc, mon cher ami, de disposer de ces pauvres vingt francs en faveur des petites filles incurables, pour lesquelles vous avez quêté souvent d'une manière si touchante. J'ai oublié le nom de la petite communauté des bonnes sœurs qui se vouent aux soins de ces enfants malheureux, et je vous prie de m'en donner de nouveau l'adresse, car il pourrait bien arriver que j'en eusse besoin dans un moment où des velléités de charité me passent par la tête ; j'aime de temps en temps à faire remettre une carte chez le bon Dieu.

Je suis toujours dans le même état ; mes crampes de gorge sont toujours les mêmes, et elles m'empêchent de faire de longues dictées. Le mot dicter me rappelle, dans ce moment, l'imbécile Bavarois qui était mon domestique à Munich. Il avait remarqué que souvent, pendant des journées entières, j'étais occupé à dicter, et lorsqu'un de ses dignes compatriotes lui demandait quel était mon état, il répondait : Mon maître est dictateur.

Adieu, je dois déposer ici ma dictature et j'ai hâte de vous dire mille amitiés.

Votre tout dévoué,

Henri Heine.

Mon bien cher Heine,

Nous réservons vos vingt francs, vous allez voir tout à l'heure pourquoi.

Lisez la lettre qui suit ce petit mot et ma réponse à cette lettre.

Vous êtes toujours mon grand, bon et spirituel ami.

Je demande à rester le vôtre.

Alex. Dumas.

Et celle-ci encore :

Paris, 31 juillet 1855.
Mon cher Monsieur Dumas,
Malgré l'avis publié en tête du Mousquetaire, les sommes versées pour la souscription ne sont pas retirées.

Le pays tient trop à honneur d'élever à Marie Dorval une tombe digne d'elle.

M. René Luguet s'est imposé une sainte et noble tâche, que tous ceux qui ont connu madame Dorval veulent partager.

Ainsi, que les bijoux soient dégagés par M. Luguet, puisqu'il le demande.

C'est du reste son devoir.

Que la tombe du bon petit Georges soit élevée par son père, c'est son droit.

Mais que le tombeau de madame Dorval soit élevé par le produit de la souscription artistique que votre bon cœur a si spontanément ouverte.

Tel est le vœu que j'exprime au nom des nombreux admirateurs du talent.

À vous de cœur,
LÉOPOLD LEQUESNE.

Monsieur,

Vous avez parfaitement compris la situation, et notre cher René Luguet l'a comprise comme vous, puisqu'il a accepté au bénéfice de la pierre du tombeau la vente de la brochure qui raconte la dernière année de la vie de Marie Dorval.

La brochure, qui sera mise en vente aujourd'hui ou demain, est cotée cinquante centimes. Mais chacun est libre de la payer ce qu'il voudra.

C'est donc au magasin de la Librairie Nouvelle, chez Jaccottet et Bourdilliat, au coin du boulevard et de la rue de Grammont, que je vous renvoie. Monsieur, et avec vous tous ceux qui n'ont point oublié celle qui fut pour moi plus qu'une grande artiste, celle qui fut une amie.

Faites donc appel, de votre côté, comme je fais du mien, Monsieur, et que les bons cœurs nous répondent.

Veuillez agréer, Monsieur, l'assurance de mes sentiments les plus distingués.

Alex. Dumas.

P. S. Les personnes qui ont versé des fonds, soit au bureau du Mousquetaire, soit chez moi, soit à la Librairie Nouvelle, peuvent prendre chez MM. Jaccottet et Bourdilliat autant de brochures que la somme de 50 centimes se trouvera répétée de fois dans leur offrande.

Nous rappelons une seconde fois à nos lecteurs que MM. Jaccottet et Bourdilliat ont refusé toute commission dans cette vente.

Le produit sera donc net, une fois les frais prélevés.

A. D.

Pardon encore une fois, mon cher Luguet, d'avoir fait une chose qui a pu vous contrarier, mais je suis tout prêt de me féliciter d'une erreur qui fait jaillir des bons cœurs de pareilles étincelles.